밤하늘,
내마음의노래

이창숙 詩集

김영태 그림

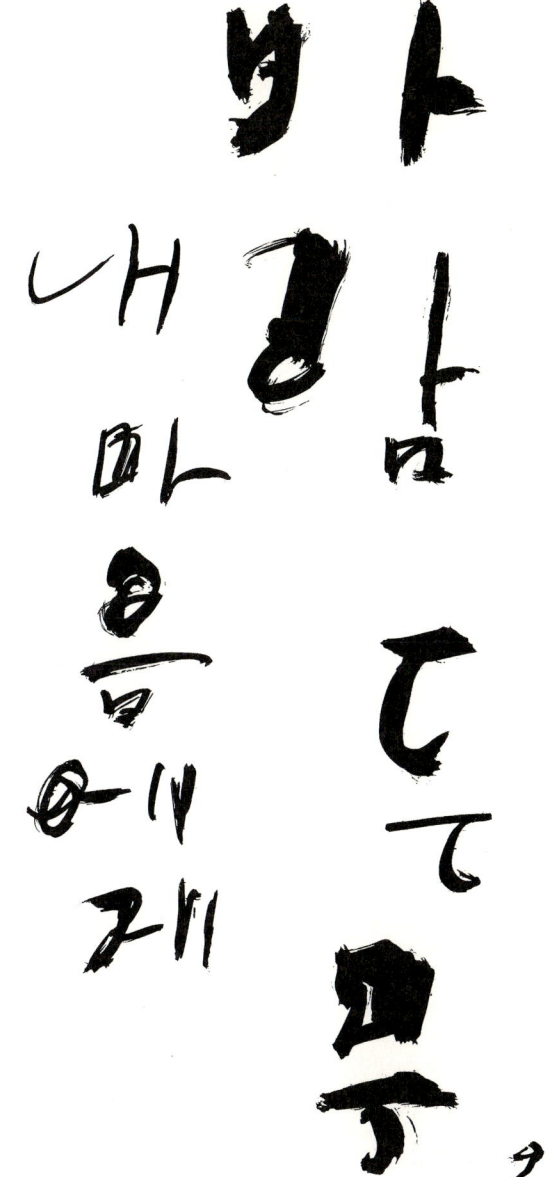

바람도, 내마음에게

눈빛

소금창고 同行

— 이창숙 시집 황혼 역사에 태어나서 처음 그림을 치면서

김영태

갯벌에 자연과 외면하고
서 있는 소금창고
주소, 이름, 전화번호 같은 것은 없다
누구나 지구를 스쳐가지만
인간은 인간을 그리워하다가
자기 흔적을 없애면서
갯벌에 서 있다
인간의 말년은 소금처럼 창문도 없다.

■ 차례

반갑다, 내 마음에게

겨울, 희망이 눕고 있을 때

〈훔쳐보다〉 눈꽃마저 풍년 든 옆집 나뭇가지가 부러워
              한참 후에 솜이불 한 채 만들었다

〈감사하기〉 맛있게 밥 먹는 일, 불 지펴 주는 겨울볕이 누군가의 보살핌 같은

〈저희들끼리〉 호접난(胡蝶蘭) 옆에서 천리향(千里香) 꽃망울이 어머니의 입김처럼 피어나다

〈모과차〉 파괴가 없는 질서의 향(香)

〈김정호〉 하얀 나비, 작은 새, 가슴에 핏빛 멍들게 하는, 가수, 죽음

〈하얀 벽〉 가끔씩 불행이 넘는 벽

〈지겨워!〉 일상을 헤엄쳐 가기 위한 독백

〈그 집이 그립다〉 산 넘고 물 건너온, 열두 살 먼 길

〈구름의 말〉 나무의 말, 곧 사람 말

〈보았지〉 오전 9시, 태양이 가는 길을 구름이 친구 되어 주던 걸

〈고향이 남아 있다〉 나를 안아 줄 그곳엔 참으로 인간을 닮은 흙이

있지

한 사람에 의해
태어난 한 사람이
또 다른 한 사람을 위해
찔레꽃을 노래했다
― 향기는 슬프다고
먼 훗날 하얀 꽃 닮고 싶은 한 사람에게까지…
내 일기장 어딘가
죽으면 찔레꽃 한 무더기
되고 싶은
그런 글 있지

밤하늘을 보다가 문득
푸른 우주의 행성처럼
나 빛이 되지 못할 때,
멀리서 미친 고양이가
아기 흉내로
비명지르며 내 대신 울어 줄 때,
기도로 참된 인간이고 싶은

그런 눈물 있지

가끔씩 그림 속에서
겨울 바다를 만나고
해안선 비스듬히 정박한 배가 되어
내 몸에 들어온 바다와
웃다가 울다가
때론 시퍼런 칼날 들이대도
끝내 한 몸이고 싶은
그런 소망 있지

긍정법

— 당신은 어떻습니까, 요즘?

— 글쎄요
길은 어둡습니다만
달빛과 함께하면
계속 행복할 겁니다
바보 이(李)머리 속은
벌써
하얀 파뿌리가 자라고 있었군요!

— 어떻습니까, 당신은 지금?

소금창고

소금창고에서 걸어 나오는
저 여자
일 년에 한 번씩 활짝 웃다가
소금눈물로 지는
목련아!

살고 싶다

겨우 몇 잎만을 달고 있는
이름 없는 덩굴나무가
창의 공중을 붙잡고
자꾸만 손을 뻗는다
너의 손목에 멈추는 내 눈길이
오늘은 나도 두려워져
지난번 너의 손목에서 흐르는
하얀 핏물을 보고
끔찍하게 내 눈을 아리게 했던
한 뼘만 오르면 커튼자락을 붙잡을 수 있는데…
지금도 안간힘을 쓰는 너의 기도
차마 싹뚝 잘라낼 수 없구나

그렇다
생(生)은, 살아 있는 것들의 끊임없는 은유의 몸짓
너와 내가 한곳만을 바라볼 수 있는 것은
수많은 밤 지나 제 집에 이르러
비로소 죽음의 잔해들 속에서

나를 완성하는 게 아닐까

가위 쥔 내 오른쪽 생각의 손을 자르면
붉은 피?
"더는 걱정하지마!"

독(毒)

햇빛이 미끄러진다

스르르 내 무릎팍에 엎딘다

내 목덜미를 휘감고

내 가슴을 쓸던

검불 태우던 불 같은 것

내 정신 한가운데서

(인간은 인간의 손에 잡힐 수 있듯)

204 페이지 사람을 읽다

활자들을 덮어 버린다

이게 끝장이라면…

어제도 오늘, 견디는 법을

햇빛보다도 강한

그이에게 수없이 찔리고서도

목까지 차오르는 생(生)

바람 분다

살아봐야겠다*

*발레리 『해변의 묘기』 중에서

별 이름

반세기 넘어 지구 한 모퉁이에 머물던 이름 없는 별
한 획, 한 획이 모이니

李昌淑 / 이창숙

*李昌淑 Lee chang sook

쇼스타코비치에게

그대는

현(絃)을 울게 한다

숨죽인 절규인 채

어느 시인에게

투병도 아픔이지 않게

잊으라 하네

그대는

이 바람소리

무반주

지워지는

그립고 아주 먼

뒤를 돌아보지 마라*

뒤를 돌아보지 마라
지나온 길을
눈물로 훔쳐보지도 마라
봄비에 어깨 젖은
감나무를 보며
내 몸속 아픈 뼈마디에
아직도 생을 긷는
전율하는 기운을 얻으니
비로소
먼지가 살아가는
마른 눈물의 기쁨을 보듯
뒤를 돌아보지 마라
빈 배 한 척
흔들리며 지상에 떠 있고
우주로 떠난 검은 외투 입은 사람은
힘겹게 시간의 둥지를 마련하고 있다
돌아보지 마라
이 부질없음

*화가 박이소 님의 작품에서

모과

잎 떨군
나뭇가지 사이
못생긴 머리가 한 덩이
익어간다
살갗에
세월의 얼룩 남긴 채

능소화

장대비 긋는 소리 멈추고
감나뭇잎 사이 길로 능소화 핀다
해(年)를 길어 올린 느긋함이라니
빗물에도 벙긋 입을 다물지 못하고
길 쪽으로 고개 내밀어
미소진다
호젓한 길, 해 저물어 되돌아와 서면
손닿을 듯 황홍색 입술로
덩굴째 마음 뻗어 오는 것을

장대비로 분을 터뜨려도
늘 제자리에서
환한 꽃이여
나도 가벼워지면서

비, 비(悲)

비와 비 사이 누가 뛰어가고 있다 바람에 빗물에 꺾일 듯 대나무살 파란 비닐우산을 들고 국수틀 집 아이 내 친구가, 통 통 사라진다 유년의 길모퉁이로 나를 이끌고

처음이다 하루 종일 비에 갇혀 보던 것도 즐거운 일이란 걸 아픈 기억이 촛불을 켠다 어린 날 정자나무 밑을 흐르는 강이 보이고 나랑 같이 자란 그 강이 어느 날 일가친척들을 눈물로 흩어놓은 저수지가 된 것을

창문 너머 먼지 떠내려간 콘크리트길은 내가 보았던 저수지 속 같다 맨질맨질한 농로(農路)도 보이고 새떼 앉은 정자나무 그늘도 엎드려 있고 아버지의 깊은 한숨도 빗물에 어룽져 있다

비와 비 사이 낯설지 않은 한 사람이 천천히 걸어오고 있다 검은 우산 속 빗물 든 하루를 끼고 국수틀 집 아이 내 친구가, 그리고 사라진다 환한 뒷모습 남긴 채

28

길

어느 날 목선(木船) 같은 낮달이 뜨고 바람 없는 공중에 한 사람 한참
이나 바라보다 그 길 아주 멀어 뒤척이다가 가만가만 끝간데없이 안개
속으로 길이 나 있음을 알아 가는

그 길 멀어도 밤낮으로 멀리 있어도 손끝 무디고 펜이 다 마를 때까지
내 목소리 내가 다 마셔 버릴 때까지 허공에 매달려, 매달리다 지치면
마른 삶의 허물을 벗고

어느 날 나풀나풀 날아가겠지 뼈만 남은 신발 공중에 걸어놓고

꿈꾸는 죽음

어둠을 메고 누군가 나를 스쳐가는 서늘함

뜯어먹던 빵 봉지 속에서 마른 풀잎처럼 윙윙 겨울밤의

손목 시린 바람 울고

오늘도 구멍 뚫린 내 혀를 조금씩 이빨로 잘라 가는 그는 누구인가?

아무도 아픈 내 이름 위에 백합 한 송이 얹지 않으리

무덤이 생긴 뒤 잘려나간

내 혀 속에 핀 아름다운 꽃들이 웃고

웃을 일만 있는 죽음 물방울 맺히는

겨울밤의 찬 유리창을 보다 자정을 삼킨 거리의 풍경

아무도 없다 자동차의 낡은 경적 소리도 끊기고

비웠다가 지워지는 골목길 뜯어먹던 마른 풀잎이

빵 봉지와 함께 윙윙 어디론가 불려 간다

외롭고 배고팠던 짐승 한 마리

눕는다

일몰

타인의 죽음이 왜 경이로운 걸까?

오래 산 사람의 집에선 인(忍)의 꽃이 시들어가고
오래 산 사람의 입속에선 말의 그림자가 빠져나가고
누덕누덕 삶을 깁는 숨소리도 벽 밖으로 새어 나가는

이젠 돌아올 줄 모르는
일생의 단 한 번 황홀함, 무너짐, 검게 잊혀져 가는 가벼움!

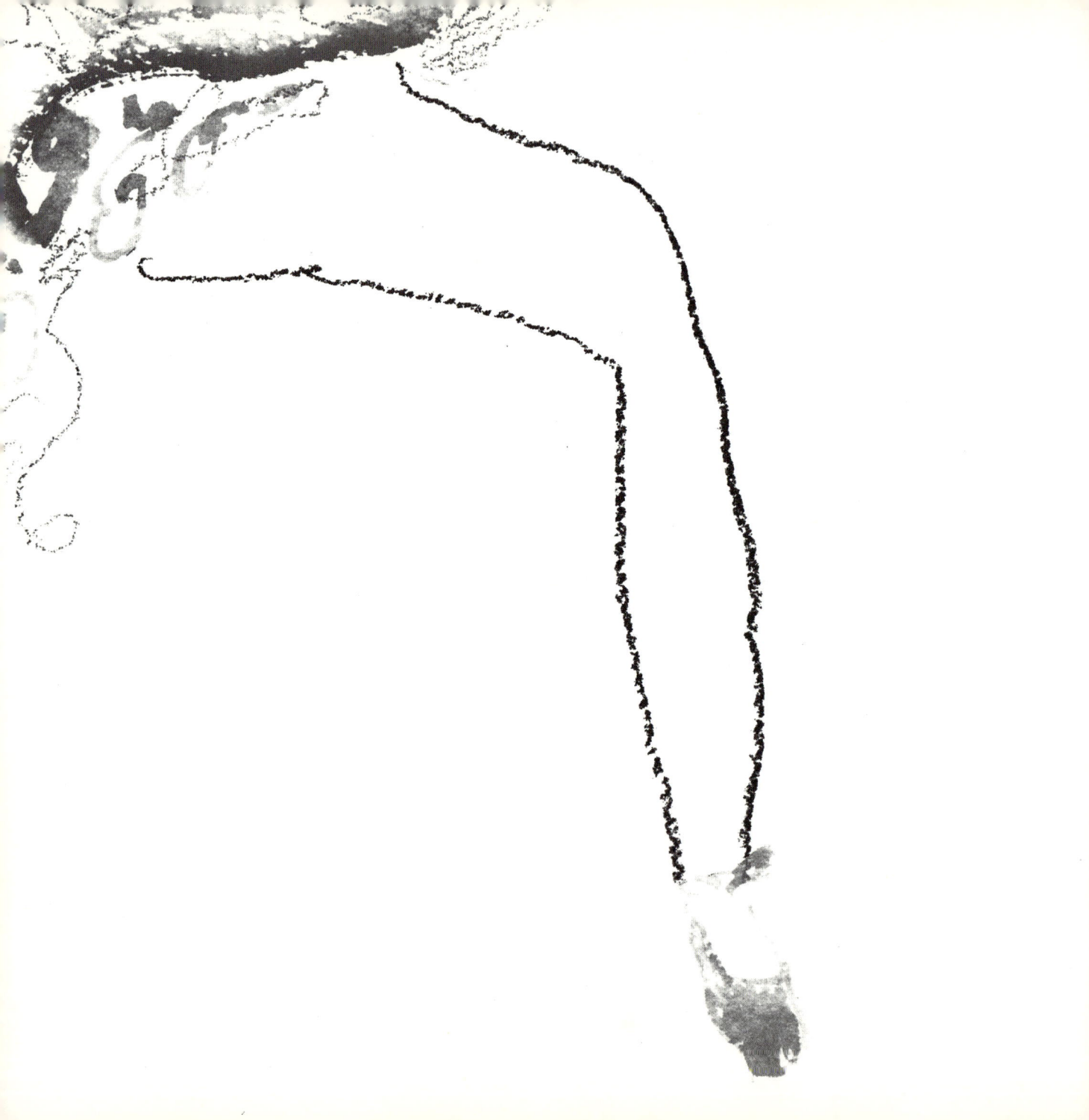

기억상실

서러운 건 발가락 하나쯤 다친 게 아니지
욱신대는 엄지발가락 하나쯤 없어지면 어떠리
살아가며 내 몸 어딘가를 다친다는 건
마음 팔 다리 통제 불능일 때
나 스스로 나를 잠그고 싶을 때
일어나는 것을, 이상하지
그럴 때마다 내 삶의 상자곽 안에 들어 있는
슬픔의 방이 하나씩 들어올려져
하늘로 올라갔었지
그 자리엔 작은 황토빛 무덤이 생겨나지
까만 상실로 오동나무 씨앗 하나 날아와
그 속에서 다시 웅크리고 있는 거야

처서 무렵

구름을 빗자루로 누가 저리 곱게 빗어 놓았을까
구름밭에 앉아 호미질하는 아버지의 뒷모습이
보인다 콩꽃이 보인다 콩꽃 한 번 흔들릴 때마다
아버지는 보였다 안 보였다 멀어져 있다

어린 나는 좁은 둑에 앉아 기세등등한 풀 쥐어
뜯으며 한 번씩 허리 펴고 날 부르는 아버지의 목소리를,
흙빛 닮은 얼굴을 아파했었다

아버지…

지금도 구름밭에 풀 죽은 베잠방이의 아버지가 서 있다
크게 콩꽃 한 번 흔들릴 때마다 땀에 젖은 바람이
걸어 나온다, 아버지처럼 맨발로

동행 - 하나

가을볕 따라 걷는 노부부

날개 접은 고운 학(鶴)으로 남았다

자식 키워 낸 강물 같은 젖줄기도

사막이 된 지 오래

아름답구나

평생 가난에 성실한 마부(馬夫)였을

그 그늘을 말없이 지켰을

노부부가 남기는 이승의 마지막 노을빛이

정말 아름답구나

성근 흰머리에 구릿빛 반지가

가는 손가락에서 바스락대고

헐거워진 몸과 마음

가랑잎으로 떨어져도

노여움 한 번 되새김질하지 않는

앞서지도 뒤서지도

두 마리 학이 나란히 걸어간다

오래전부터 준비된 길을

동행 - 둘

노숙자 상백씨, 41살, 백령도 고향 하나만 달랑 기억한다는, TV에서 그를 만난다 여름 끝자락에서 그는 지난겨울을 살고 있다 두툼한 파카 점퍼, 머리는 반백(半白)으로 휘날리고 반쯤 흐려진 초점 없는 두 눈, 화면 밖으로 그가 뒹군 삶의 냄새가 폴폴 난다 얼굴과 손발은 살이 쪄 있다 웬일일까? 아니, 그건 배부른 밥과 술 때문이 아니다 그는 내가 따뜻함 속에서 맛없어 외면한 밥 한 그릇의 처절함 때문임을 지금 나는 알고 있다 그는 울고 있다. 그리고 화면 가득 어둠을 밀쳐내고 드디어 말의 빗장을 풀어 말문을 연다 사람으로 인정받는다는 기쁨의 눈물로 - "당신은 육교 위에서 허기진 외로움에 엎드려 사랑을 구걸해 보았소! 그리고 신(神)은 태어남 그 자체를 부정하여 내게 신분증 하나 쥐어 주지 않았소! 그러므로 내 영혼은 땅속에서 썩어 가고 내 육체는 걸어다니는 시체요!"라고, 아프다 뼛속까지 아프다

그의 친구 하늘이, 기억도 말도 몸도 어눌하지만 웃는 얼굴이 이름 그대로 맑은 하늘이다 고향과 친척들을 만났지만 어둠 일구던 터전을 못 잊어 잠실역 지하보도에 찬 몸뚱이 눕히고서야 웃음 되찾은 그의 친구, 상백씨는 하늘이를 껴안으며 '니가 옹달샘이야 한다 옹-달-샘? 환해지는 그 둘

계절도 오가지 않는, 찬겨울만 껴입고 사는 그는 얼어붙지 않는 옹달샘 하나 가슴에 품고 산다 지금 그는 하늘이와 함께 가장 온전한 사람의 말로 세상에 어두운 시를 쓰고 있다 그의 말은 몽당연필로 쓰는 시였다 시인과 옹달샘 그 둘이서

바람 든 무, 내 마음에게

가만히 이삿짐을 꾸린다
빈 차, 어디서 불러올까
내가 전화하면 골목, 여기 내가 사는 곳으로
달려와 줄까
그 사람은 지금 기쁨일까 슬픔일까
그냥 달려와 나의 주소 앞에서 기다리겠지
기다리다가 기쁨도 슬픔도 없이 무덤덤하게
내 무거운 마음 보따리를 바쁘게 싣기만 하겠지
나는 쳐다만 보고 있겠지
나는 그가 실은 짐 하나씩을 도로
내 주소 앞에 얼른 내려놓겠지
그는 화를 내겠지
그럼 나는 울고 서 있겠지
어디 후미진 곳에, 이십 수년을 붙잡고 있던
형체도 없는 그 무엇을 떨쳐 버릴 수 없다며
미안한 마음 가득 얹어 제발 떠나 달라고 나는
그 앞에서 무릎 꿇겠지

그는 '왜 사느냐'고 비웃으며 인사도 없이
큰길로 차를 몰겠지
나는 누구에게도 들키지 않은
바람 든 무 같은 내 마음에게
지나온 내 삶 되짚어가다가
제발 먼지가 되어 흩어지길 기도하겠지

나도 이제
'사랑할 시간이 많지 않다' *

*정현종 시인의 시집 제목

어떤 대화

— 아버지

응

— 자꾸따라와유

뭣이?

— 바람이유

… 바람?! 아무것도읍는디

············

— 아버지

응

— 저기좀봐유

워디?

— 예산장터가는저산등성이위로구름이달려가잖아유

그려, 우리덜보다먼저가서장구경할라고그러능겨

UNE FEMME ARDENTE

43

가을 한가운데에서

창문에 서늘함이 드리우는 저녁

바람 없이 피는 어둠의 잎새, 그 잎새를 며칠 동안

가만 들여다보니

송글송글 땀자국 맺힌 여름이 발갛게 붉혀 있다

떠나려는 걸까 이젠 내게 손 내밀어 이별을 청하려는 걸까

기쁨이었을 아픔이었을

살아온 만큼이나 실금 쳐진 잎새 한 장 속에 지금은

짧은 햇살 뒤 긴 그늘과 찬바람이 무겁게 내려앉고 있다

있음을, 없었음을, 비워행복한것임을,삶의순환그리고해체정지됨을

꽃도지고인간도지는지상의쓸쓸한거대한늪을사랑하시는

사랑하고계시는하늘은

어느 날 그 잎새 서둘러 가버린 내 사랑처럼

고개 떨구고

가슴 한쪽 잃은 낮달로 손닿을 듯

가끔씩 나를 찾아온다면

바람 없이 피는 어둠의 잎새, 그 잎새가

한때 피 흘린 여름 내 기억 속으로 걸어 들어가

절룩이는 발목 한 그루 나무로 똑바로 설 수 있다면

나 마침내, 마침내 죽을 수도

외로운 말

말이 뒹군다, 다쳐
몇 달 동안 싸매 놓은 발에서
말하지 못한 말들이, 걸어다니지 못한 말들이
어지럽게 혹은 고통스럽게
빈약한 말들이
24시간 펼쳐놓은 홑겹 이불 속으로
기어간다
내 몸뚱이 빠져나와 길 찾아 기어가는
어눌한 말들
겨울햇살 받아가며 창가로 기어가는
충실한 내 말의 인척들
그저 아득한 날로 기억되는
'내 입속의 말은 자폐증'임을
황색 점멸등은 지금 중증을 말해 준다

살아야 한다
사람이 끊기고 가슴이 끊기고 길이 끊겨도
시간을 다독이며

드문드문 떼어놓는 내 말의 발자국이
끝내 절룩이며 견뎌내야 하는
말의 인척들에게서 외로움을 보태야 하는

여름날
— 순간 포착

먼 서안(西岸)쪽에서
비둘기색 구름이 산허리를 질러오더니
어깨까지 휘감고 오르더니 정수리까지 칭 칭
넝쿨 구름이 온 산 감쌌다
무엇이 산 중심을 떠받치고 있었는지
무엇이 산 중심을 흔들고 있었는지
무엇이 산 중심에 뿌리박고 서 있었는지
큰 산은 보이지 않는다
짙은 녹음만 산 아래로 흘려보내고 있다

내 가슴 중심에도 스멀스멀 기어드는 구름 떼
정수리부터 초록 물들면서

그녀를 보내다
— 2002. 1. 8

붙잡지 못했다
깊이 잠든 그녀의 고요를 천천히
뒤따를 수밖에 없었다
병실침대 밑, 그녀의 신발엔
그녀의 발이 꽂힌 채
나풀나풀 앞서서 저만치 가고 있었다
아픔을 먼저 하늘에 띄우고
잠시 일탈이 아닌 마지막 이승의 끈을 잡고
가볍게 산길처럼 오르는 길
은행나뭇가지 끝의 흐느낌과
팽팽하게 그녀를 붙잡고 있는
흐려지는 내 눈과
한참 후에
삶과 죽음의 경계에서
그녀를 놓쳐버렸다
슬픈 인연을 태우고 한 줌 재가 되어
점점 멀어져 가던 그녀

눈 속을
그녀는 혼자 길 떠났었지

겨울 산

영상기온의 아침이다

두터운 유리문을 열고 북천(北天)을 올려다본다

그 아래로 군데군데 알몸 드러내 놓은 산, 수묵

빛 나무들이 산을 지키고 서 있다 언제 지어졌을까

큰 나뭇가지에 까치집 한 채가 늘어나 있다 이웃한

나무엔 부실공사 없이 지어졌을 두 채가 있었으니

지난가을 단풍이 바스락대는 소리에 귀도 눈도 아팠었는데

그 사이 집 짓고 이사 드는 걸 보지 못했구나

큰 나무 옆에 두 채, 오른쪽 산중턱에 두 채,

모두 다섯 채, 내 집과 다르게 내 방과 다르게

이웃에게 그늘 피해도 주지 않고 정겹다

정말로 둥근 것이 따듯하다

지금 겨울산은 춥지 않고

힘들어 하지 않는다

겨울 정오

하늘이 새파랗다
흩날리던 눈발이 푸석해진 개나리 넝쿨 둔덕에
몰래 숨어들었다
군데군데 몇 무더기 눈빛 시리게
정오의 햇살을 차지하고
개나리 발등 위로
눈빛 총총 녹아 버린다
키 큰 개나리가 바람을 일으키며
한 번 기지개를 켠다
넝쿨 속 긴 터널이 파도치며 소란스럽다

"얘들아, 아직은 이르단다
띄엄띄엄 서 있는 나무들 그림자도 따뜻해지고
저녁이 되면 너와 내가 바라보는
별빛도 따뜻해져야 하는 것을…"

때문에

만나고, 태어나고, 사랑하다가
나 동백꽃처럼 철철 이별이다가
드러눕겠네
인연 때문에

빨개지는

거울을 보면
내가 서성이는
……
그림자 길게
길게…
그러다 눈이 빨개지는

안개 부화중

서해고속도로를 달린다
지금, 안개는 부화중
부화해서
온 산을, 띄엄띄엄 마을을
강물처럼 흐르는 들녘을 감싸고 있다
하행과 상행의 경계를 지우고
차 뒤축에 밟혀 길은 무수히 쓰러지고
비상등을 켠 비상(飛上)을 꿈꾸는
고독한 질주
·················

중심의 힘을 안개 속으로 기울여 놓을 때
나 하나로 세상을 잇는 길
사랑도 버릴, 인연마저
죽음에 이르는 적막은
칸타타 8번(바흐의)
'내가 죽는다면 사랑하는, 하느님!'

항아리에 담긴 노을

조금씩

삽질해 파놓습니다

동그랗게 갸름하게

한 쪽 비워 놓은 하늘가

쉰다섯 해 살다 간

내 친구가 있던 그 옆을

바쁠 것도 없지만 멈추어 버리면

항아리에 담긴 노을이 날아갈 것만 같아

작은 지등(紙燈)도 켜놓습니다

'찔레꽃이 떨어져 누운 방/버리지 못한 슬픔의 가느다란 숨소리도
새어 나가지 못하고/성경책마저 가지런히 누워 있는/비바람치던/
우물 속 오래된 풍경도/이젠/조용한 늪이 되어가는/찔레꽃 향기만,
적막한 나의 방/아픈 방

나를 묻으려 합니다

스물일곱 살 비는 …

비는
바람에 부대끼면서 수직으로 꽂힌다
유리문을 때리는
웅덩이에 고인 물을 질주케 하는
태어나고 죽고
세상은 작은 흔들림

하늘을 껴안으려
병실에서 뛰어내리던
스물일곱 살 비는 …

초겨울 오후

흐릿하다
간간이 햇살이 나더니 지금은
바람 불고
나무들의 어깨가 흔들리고
발길에 채이다 몸 웅크린
우울증에 걸린 개
같은 오후
개 같은 날씨가 딱
맞는 오후
어슬렁거리며 골목길을 지나는 바람
한 마리의 작은 짐승, 사람 자취
정신을 흩어놓기에 아주
좋은 날이다

앞집 울안에 서 있는
키 큰 오동나무도 생각할 게다
깃발처럼 펄럭이던

너른 이파리를 마른 지상에 다 떨궈 놓고
지난봄 연둣빛 휘파람 소리로 키워 낸
잔가지들의 흔들림에
'아프다, 팔이 아프다'
단단한 몸속으로 까실한 바람 들이칠 때마다
핏줄 멎는 팔목 하나씩을
겨우내 긴 울음으로
내어주어야 한다는 것을

바람이 불고
나무들의 어깨가 흔들리고
키 큰 오동나무의 침묵 속으로
흐릿한 오후가 저물고 있다
개 같은 오후

엄마의 베개

어렸을 적 엄마의 베개맡에서
'바스락 사르락'
볏짚 밟는 소리가 났다
늦가을 볕에 외양간 흙담에 널어
마른 땔감이 되어주는 볏짚 소리를,
짚 베개 위의 엄마의 얼굴은
언제나 편안하였다

가벼운 베개 속으로
고단한 잠은 쉽게 잦아들고
이리 누워도 저리 누워도
묻히지 않는 엄마의 얼굴이 마냥 좋았던 때
생각해 보면
세월 마디마디 눈물도 받아주었을 것 같은
가난과 한숨도 남모르게 숨겨 놓았을 것 같은

엄마의 마른 눈 속에서 수없이 바뀌고 흘러
지금 주름살 속에서나 찾을 수 있는

문신 같은 환한 흔적
하늘 베개 베고 누운
엄마의 머리맡에선 여전히
'바스락　사르락'
눈물 말리는 소리가 난다

사랑초

이 아침
연보랏빛 어머니가 오셨네
가는 목을 가누고
미소로 앉아 계신 모습
흰 죽 한 숟갈 떠 놓고
몇 날을 더딘 걸음으로 오셨을 당신
살짝 화분 덮은 당신의 주름치마가 보입니다

늦은 겨울 당신을 앞세우고
찬 빗물로 흩뿌려 지워지는 길을
밤새 슬퍼하며 흘리던 눈물을
사랑초는 알고 있었을까

가끔 어둠 속에서 마주하면 내게
슬픔도 보라 마디가 된다고
잎이 된다고
기다림의 환한 눈빛 주시더니

피고 또 피고 지고 피고
당신의 사랑이 이 봄 내내
그립고 눈물나던 것을
이 아침 당신 앞에 오래
서 있습니다

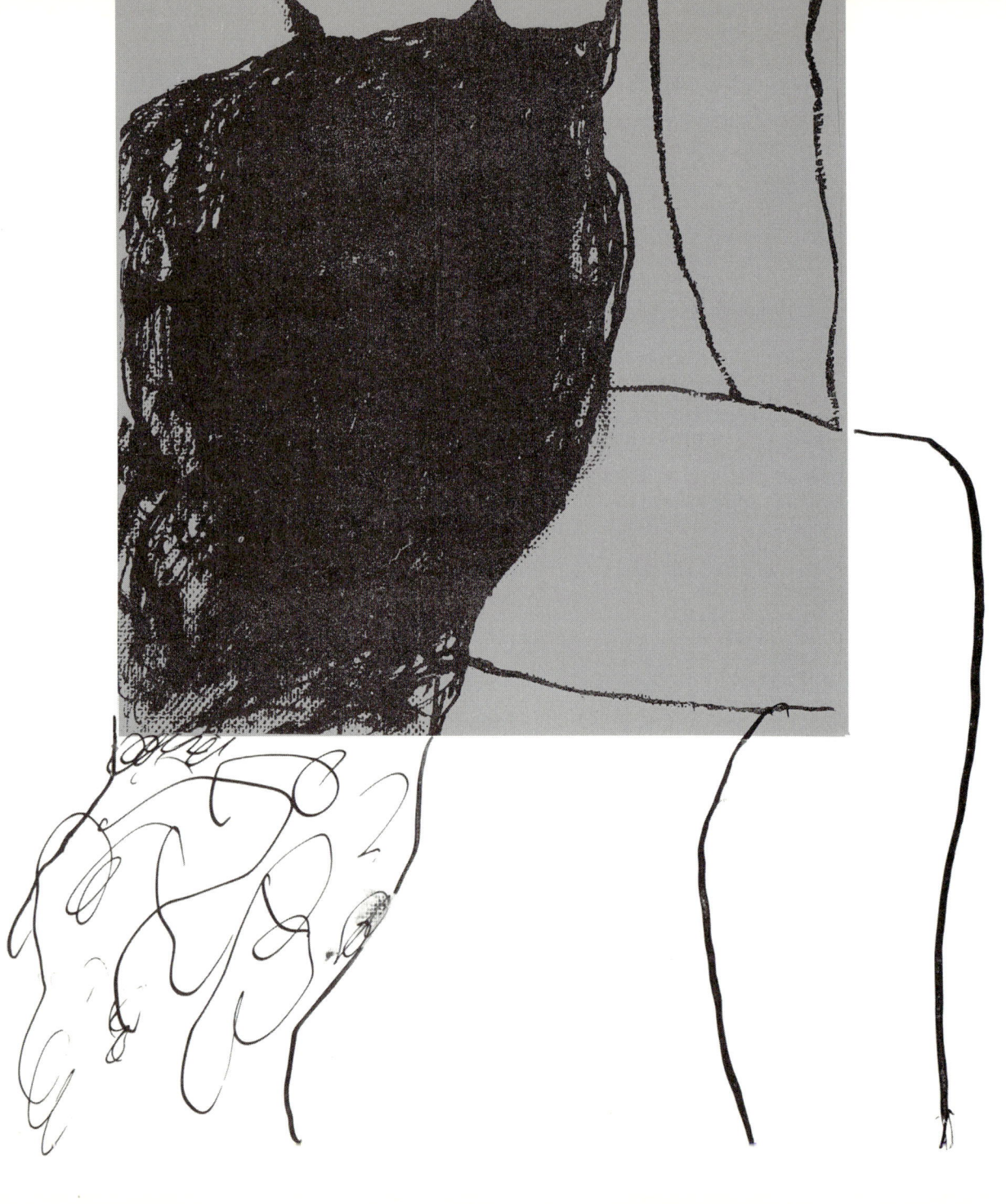

아지랑이 아이 하나씩

수묵빛 드리운 산 그림자 안고
노란 산수유꽃 핀다

낮은 골짝 사이 다리 위에
푸른 대나무 가지 잠시 걸터앉는다

차가운 강줄기, 모랫벌 더듬더듬 오르고
강둑에 버들가지 솜털 부풀린다

올망졸망 장독 항아리들, 머리에 매화꽃 이고
볼록한 배 새콤하게 매실향 돋운다

녹색지붕 황색지붕 양철지붕들
따끈한 햇살 받아 아지랑이 하나씩 낳는다

둥근 무덤 하나, 둘 사이좋게 모여 사는 마을로
어미 산까치 세상 소식 물어 나른다

오래전 내 몸에 심은 흰 패랭이꽃 화분 하나
스무 살의 간이역으로, 그대에게 보낼 때

2003, 여름 일기
— 밤비 속에서

거친 바람도 멎고
감나무 이파리들의 소스라침도 잦아들었다
집과 집 사이, 늘어진 전깃줄에서
종일 뭔가 깨달음으로 매달리던
비의 동그라미들이
차례로 낙하하고 있다, 그 옆에
누군가 한 쪽 손을 놓아버린 손 하나가
가로등 불빛에 희끗 보인다
저건! 다섯 손가락에 끼워졌던 목장갑 한 짝이었다
다섯 손가락이 길 위에서?
납작해진 애처로운 손
밟혀 문드러진 해체된 손금의 시간들
그 누군가가 일생의 길을 몰라
울고 있을 것 같다
슬픈 다섯 손가락… 아프다
아파서 나도 그 누군가처럼
내 팔에 돋아난 다섯 손가락을 붙잡고

빗속으로 뛰어들고 싶다
희끗 보이는 다섯 손가락
하나 집어
그 누군가의 손목에 일생을 끼워 주고 싶다
정지된 시간에 안겨 주고 싶다

비, 그 경계에서

고향집 무화과나무 한 그루 서 있다
잡풀만 우거져 바스락대는 안마당에도
비는 내리고

누구 몫의 슬픔이 한꺼번에 쏟아져내리듯
단단했던 인연의 끝도 쉽게 놓아버리고

아름답게 이별을 준비하는 일
슬픔을 희미하게 지우는 일

나는 지금 한 뼘만큼의
어둠과 비 삶과 죽음의 경계에서
'내 삶은 어디로 가고 있는가'

가을 아침

언제부턴가
마음이 먼 곳
발끝이 시려오고 있었네
눈 감으면 죽음으로 눕는
어젯밤 잠이
놀빛 물든 감나무잎 하나를 주워
아침 식탁 위에 얹어 놓았네

가을이야…

만져 보지 않아도
그대가 살며시 다녀갔다고
가을밤, 그대의 잠은 여전히 늙지 않았노라고
작년에도 그랬듯이
따뜻한 그 말밖에는,
해마다 눈시울 붉게 그대를 맞이하건만
난 그대를 따라나설 수 없네

기쁨이 슬픔에게 가지 못하듯
슬픔이 기쁨에게 오지 못하듯

나무와 벗하던

마지막 남은
달력 한 장 속에
눈 오는 고향 뒤뜰이 걸려 있다
덕이네 집으로 난 조붓한 길
키 큰 상수리나무였던가
젊은 나이로 황토빛 언덕을 지키며
고욤나무와 나란히 생을 같이하던

비바람 눈보라
이만큼 산 세월의 절반은
웃음보다 눈물이었으니
그래도 이렇게 살다 살아가다
유년의 기억을 만나는 일
냉이꽃, 망초꽃, 쑥부쟁이…
이제는 구부정하게 나와 함께
어둠을 비켜선 나이가 되어 있으리

시간에게

1.
살아간다는 건
살다가 가는 거라고 하대
네게 가는 길은 언제나 가볍다
낯설고 낯익은 길이어서
살아 있으면서 가끔은
내가 부서져야만, 쪼개져야만, 삶의 파편이
흙 속에 묻혀져야만
내게 남겨 놓고 간
너의 웃음 멎은 발자국을 따를 수 있다고
네게 갈 수 있다고

2.
겨울밤은 차고 깊은 강물이다 하늘엔
시리게 눈물 반짝이는 성근 별이 떠 있고
잠들지 않는 목숨 하나 지켜주는
길모퉁이 불빛 매단 전신주는 오늘도

신발도 벗지 못한 채 어두운 강물 위에
꼿꼿이 서 있다
지금도 찬 유리문 너머로 떠나는 너를
손 저으며 한 걸음씩 보내주는 나
잘 가게, 친구여
살아간다는 건
살다가 가는 거라고 하대

독백

머리 묻은
무릎과 무릎 사이
바람이 드나든다

슬픔을 알기 전
기쁨으로 채색된

어머니는 나를 품고
늘 추워하셨어
어머니 무덤에 두 번
가을이 다녀갔어!

나를 읽을 줄 알게 되었을 때
신발 속 얼룩을 신고
레테의 강을 건너가면서

클림트 作

갯벌

1.
새벽은
길게 엎드린 갯벌의 등을
깨우고 있었다
서서히 어둠을 내려놓는
거무스레한 등
부스스한 채, 밤새
근심 어린 꿈이라도 꾸었는지
안개 사잇길은 온통 주름살투성이

2.
갯벌은 나를 옆구리에 끼고
제 살 속으로 달리게 했다
빛이 없는 살 속
밤새 어둔 몸살로 이겨 낸
손금 같은 물길이 보이고
모래더미와 바람이 심어 놓은 몇 무더기의 풀들이

3.
어둠이 빠져나간 축축한 지도 위에
주름살 꿈도
사라지고 있었다
등 토닥여 주던 하늘은
한 뼘쯤 올라 서 있고
내 눈썹 모양을 한 새 몇 마리가
머리 위에서

2004년 12월 26일
― 아침, 문득

작은 풍경이 담겨 있는

엽서 같은

아마도 나와 같은

그대는 오늘도

겨울바람 맞고 스러져 눕는

마르고 가는 풀대 흔들리다

어둠을 맞는

늦게야 이제야 허전하다는 말 끝에

가슴, 죽을 만큼 먹먹해지는

너를 생각하며

너를 만나고 돌아서며

날마다

　하늘

　　가는

　　　길

수직을 꿈꾸는 방

흐르는 것은 아무것도 없다

전부 네 모서리가 수직이다
벽면에 달라붙은 시계바늘이
컴퓨터와 책장 속 책들이
찬 겨울을 건너는 내 몸이
생각 속의 우울이 수직이다
가만가만 허공 짚는 내 손이
수직이다 직각의 네 모서리가
시계바늘이, 책들이, 생각 속의 우울이, 내 손이

아무것도 없다 흐르는 것은
거울 속에 수직으로 꽂혀 있는 한 사람
빈 포도밭, 망초꽃대 사이로 지고 있다

오후 4시

몸과 마음이 허기지고
주린 배에 무언가를 잔뜩
집어넣고 싶을 때
말을 잃은 마른 입술에
외로움 자꾸만 뜯어 넣는
하루 종일 걸터 앉아 있는
눈 감은 겨울 옷가지들의
쓸쓸한 무게
방 한 칸이
비어 있음
식어버린 살갗이 그리운 오후 4시,
죽은 음악을 버무린
빵 속의 내 살을 들여다보며

검은 융단을 두른 자정이

검은 융단이

커튼 너머 정박해 있다

검은 입술을 말아 줄 것만 같은 …

꽃 지거든

탓하지 마라, 꽃이 진다 해도

꽃은 깊은 사유에서 오는
아름다운 절정인 것을

절정에 이르러서 우는 목숨
그건 금간 시간의 애증인 것을

애증의 골짜기에 쇼팽의 장송곡이 흐르고
무덤가에 꽃 뿌리는 2악장
두 볼 가득 눈물, 꽃 지거든

폐선

비스듬히 누워 있는 고깃배
크게 보채다 숨 멎은 듯
바다로 향한 팽팽한 밧줄은
죽어서도 놓질 않았다
부표와 그물망은 한데 얽혀
모질고도 질긴 인연으로
봄날 어부의 손길을 기다리며
바람을 엮고
바다는 배의 뒤꽁무니에서 퍼렇게
울부짖었다
파닥이던 수많은 고기떼를 건져 올리던
이제는 눈멀고 귀가 먼
폐선이 녹슬어 가고 있을 때

손길

아버지는 한 두둑 한 두둑 시를 짓듯
땀으로 밭을 일궜습니다
'늘 그 자리에서 바라보시는' 은유의 언어로
어머니는 한 땀 한 땀
봄볕에 꽃씨를 묻었습니다
'백합꽃처럼 살고 싶구나'
감자꽃 피던 시절
시를 짓던 부모님의 손길이
아프게 그립습니다

이미지 · 1
― 새

새는 길을 익히며
가볍게 몸 던진다
몸으로
세상과의 소통을
'그래, 그래~'
나를 감전시킨 말
새는
세상의 부호를

이미지 · 2
― 곡선

"현대는 직선의 시대다. 곡선은 숨어 버렸다. 소로 밭갈이 하던 때를 곡선이라
면 자본주의가 팽배한 공장주도주의 시대는 직선이다. 직선으로 다가온다. …
곡선은 막다른 벼랑을 비켜 간다. 갈 수 있다. … 직선의 풍광이 날카롭다면 곡
선의 풍광은 부드럽다. … 한낮 쨍그렁거리는 햇살은 직선이고 둥근달이 비춰내
는 달빛은 곡선이다. 붓끝을 휘돌리는 광필은 곡선이고 컴퓨터 자판을 두들기는
것은 직선이다" ― 최명길 시인의 『산촌 명상수필』 중 일부

나는 이 세상을 살면서 직선과 곡선을 수없이 그려 왔다. 직선으로 날
아드는 거친 목소리의 발길질에 차이고 엎어지면서도 모래 같은 밥과
눈물을 입에 넣었다. 결국 삶은 배부름이어서 내게 먹는 일은 하루치
의 생각 속 방황을 잠재우거나 되새김질하며 곡선을 만들어 가는 일이
다. '애야, 피 날라~' 내게 살을 떼어 준 이는 며칠 낮과 밤을 달려 오
래전 직선으로 떠나버렸다. 다 떨궈 버리고 가는 죽음은 직선이 아니
던가. 사랑초 피는 봄날이거나 가끔은 보고픔 깊이 숨겨 놓은 얼굴, 마
른 그 얼굴이 꿈속 어둠의 다리를 건너올 때면 아주 부드럽고 고운 선
명한 곡선인 것을. 박꽃 핀 낮달 그 너머로 흔적 없이 따라서 함께 갈
수 있다면

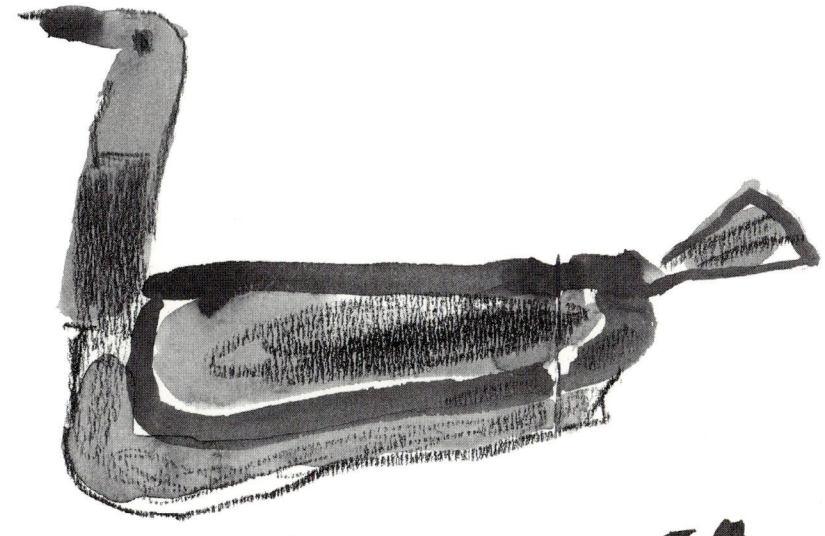

회복기

어느 날 뱀처럼 스르르 저쪽 세상으로
떠날지도 몰라 누워 바닥이 좋다는 건,
그토록 바닥이 눈물나게 좋다는 건, 병에
대한 두려움에 눈물짓지 않는다는 거야
눈물이 나온다는 건, 살아가는 걸 걱정한다는
거야 거울 속의 흰 머리카락을 낯가림 없이 세상에
드러내며 내뱉는 진실 된 말이야 진짜 괜찮았어
바닥이란 거

바닥이 그렇게 너그러운 줄 몰랐어 등짝을 들먹이며
바닥에게 저항했다면 바닥은 아마 내 몸을
갉아 먹으려 했을지도 몰라 등짝에 붙어서
뼈와 살과 정신을 세상에서 고립시키려
했을지도 몰라

누워 바닥이 좋다는 건, 그토록 바닥이
좋다는 건 슬픔 없이 어느 날
뱀처럼 스르르 저쪽 세상으로
건너는 것일지도 몰라

가을비

젊음이 쓰린
늦가을 빗소리가
검은 기왓장 밟고
창문 앞에 서 있다
스르륵, 드르륵
바람도 따라오는지
구름 속 낮달 베어 문
잿빛 환한 어둠이
고양이 꼬리 하나 드나들 만한
생각의 틈새로 기웃거린다
부재 속의 내 존재여
더는 머물지 않는 이여
오늘도 푸른 멍 붉게 삭이는
갈댓잎 속에
하루를 서걱이면
비 어둠 바람 데리고
제 집으로 찾아드는
목숨들, 우우우 우는 목숨들

빈자리

키 큰 백양목(白楊木) 이파리들이
일제히 이마를 번득이며 다가서고
학다리쯤 들판의 연기
흰 구름 사이 풀어지는 걸
보는 즐거움은 옆자리가 비어서이다

그러나 '당신이 없는 빈자리'
오늘밤도 열대야가 꿈을 밀어낼 것이다

– 허형만 시인의 詩 「빈자리」 전문 –

나 죽어서는 '당신이 없는 빈자리'
내 꿈속에 스며들까? 녹아들까??
아 그 말 거두었으면
소름 돋는 일(제발 그만!)
겨울 포도나무들
넝쿨 제 스스로 단죄 내리듯
내 꿈을 처형하리라

하얀 옷, 어머니

비탈진 산길 너머로
사라지는
눈부신 햇살에
하얀 옷 내 어머니

새벽 별

섬 하나 떠 있다

깊어지는 가을
눈물 배워, 서른 언저리

속눈썹
새벽 어깨에
떠 있던 별

화장(花葬)하는 아침

눈이 왔다 부시게 하얗다 아침이 흰 꽃으로 하얗게 운다 나도 덩달아
하얀 눈물이다 바람은 밤새 무엇을 버리려고 감나무의 뼈 속과 내 잠
을 흔들어 놓았는지 누덕누덕 기운 길은 죽음으로 눕고 그 위에 가벼
워진 영혼이 흰 이불을 덮었다 막막한 길, 죽음 깊숙이 길은 나 있다
운다 반뼘쯤 묻힌 어제가 울고 있다

죽음이 휘몰아친 뒤, 오가는 이 없이 조문하는 새들의 발자국만 눈 위
에 찍힌다 눈의 알갱이들을 꿰어 상복을 지을까 나의 죄를 위로받기
위해 한 시간만이라도 새의 발자국 옆에 맨발이 되어 볼까

하얗다 아침은 수억만 송이 흰 꽃으로 울고 있다 세상 너머 돌아오는
내일은 울부짖지 않는다 뒤돌아보지 않는 것들에게 눈을 맞추고 고이
잠드는 아침, 내 질기고 시린 삶도 흰 꽃 속에 함께 묻기로 한다

불면이 주던 詩

밤바다로 단풍 뚝 뚝 울음 흘고 창가에는 포도주빛 이마를 맞댄 적막
한 시간이, 하늘에는 어머니 그리는 꿈 투명도 해라 그믐달 닮은 고양
이 한 마리 웅크려 어둠 깊이 졸고 별은 홀로 내려와 눈시울 붉혀라 아,
환한 길 지렁이 발자국, 새벽 어깨 너머로 십자가 불빛 하나 둘 지고
눈 뜬 벽오동나무 창문 밖 키 큰 가을 남자로 우뚝 서 있어라

늦은 밤, 수돗가에서

그대는 늦은 밤 수돗가에서
눈물을 빨아 본 적이 있는가
어리석은 순간을 흘려보내려
비누 거품을 흥건히 묻혀
아픈 눈물을 받아 주던
가녀린 손수건
드문드문
내 흰 머리카락 같은
슬픔을 베어 물고
콸콸 구멍 속으로 흘려보내는
시커멓게 멍든 눈물을
그대는 빨아 본 적이 있는가

이미지·37

한낮 속으로, 불쑥, 한 남자 다가오는
깊은 가을, 어깨 움츠린 그늘
파도의 한숨으로 씻긴, 바닷가 몽돌 같은
숲에 깃든 햇볕

시간 속으로, 불쑥, 한 여자 감겨 오는
도태된 청춘, 단풍잎으로 흘러내려
거울 속 슬픈, 울먹임 같은
해진 길, 두 길로

마르고 바삭거리는 현장에, 서른일곱, 어정쩡한 시절
서서히 거품으로 꺼져 버리는, 두 사람

빨래 부처

1.
일상은
떠나기 위한 준비가 아니던가
봄날 가까운 어느 날
죽 한 그릇, 몸뚱이 하나 달랑
친구의 차에 실었다
구름, 해, 구름, 눈발이 뒤섞인 아침
문득 '푸른 나이는 촛불처럼 쉽게 꺼져 버렸다'
어둔 기억을 눈발 속에서
희미하게 기억해냈다

2.
삶은
이렇게 간단하지 않은가
'간편한 짐' 하나라는 것, 일생동안
잠 위에 이불, 이불 밑에 잠과 꿈이
되풀이되듯이

향천사* 입구 초라한 양철지붕 그 옆,
빨랫줄에서 빨래들이 고행에 들었다
사각이 날 선 이불도
무릎 꺾인 바지도
속옷도 양말도
쩌억쩍 까실한 바람에 흔들리는
옷가지들의 형벌,
아, 부처의 고행이더라
부처이더라

*향천사(香泉寺) — 백제 의자왕 16년에 지은
충남 예산에 있는 절.

봄

나 이제 보랏빛 나이
세상은 연둣빛 빗물 머금는구나
드문드문 봄볕 강둑길 적셔 오고
낯선 길 낯설지 않게
마음 한쪽 절룩이지 않게
하늘 포개 안은 구름 속으로
키 작은 소녀 제비꽃과 함께
파랗게 새살 돋우며
두려움에 아프지 않기
등 떠밀리지 않기

내딛는 발걸음 사이로 꼼지락거리며
보랏빛 아지랑이로 피어나는 시절

기억의 숲

상처는 언제나 슬프고 환하다.

슬픔보다 어쩌면 푸르고 신선하다.

그걸 베어 물고 산다는 건

언어들과 신선한 나의 상처가

교집(交集)할 때 비로소

언어의 유희에서 자존의 쾌감을 얻었다고 해야겠다.

삶, 고독, 아픔, 이별 이런 것들의 집합체가 만들어낸

내 심음(心音)을 통해 눈물로 달그락대던

애증으로 편력된 시편들이다.

자존을 잃었을 때, 산다는 것에 대한 두려움까지도…

('묶임에 자유를 얻는 너희들아!')

이제 나는 세상을 넘어 먼 곳에서

빈 배로 흔들려도 좋을 듯싶다.

아름다운 그림으로 따뜻하게 덧입혀 주신 시인 김영태 선생님께
머리 숙여 절을 올립니다. 시집이 나오기까지 도움을 주신 여러분께도
깊은 감사를 드립니다.

2007. 봄

이창숙

이창숙(李昌淑)

충남 예산 출생

『시대문학』으로 등단

시집 『그대 안에 길을 내어』 『아무도 없다』

한국시인협회, 국제펜클럽 한국본부 회원

바람 든 무, 내 마음에게

이창숙 시집, 그림 김영태

초판 1쇄 발행일 —— 2007년 3월 20일

발행인 —— 이규상

발행처 —— 눈빛

　　　　　서울시 마포구 성산동 628-4호

　　　　　전화 336-2167 팩스 324-8273

등록번호 —— 제1-839호

등록일 —— 1988년 11월 16일

편집·디자인 —— 정계화·이자영·고성희

출력 —— DTP 하우스

인쇄 —— 예림인쇄

제책 —— 일광문화사

Copyright ⓒ by 2007 Lee Chang-sook

ISBN 978-89-7409-939-8

값 9,000원